川柳句集

浅間山

荻原非茶子

Ogiwara Hisako senryu collection ASAMAYAMA

新葉館出版

序

川柳竹柳会が昭和二十三年に創立した折、荻原非茶子（本名・久子）は私・荻原柳絮と結婚して既に三年ほど経過していました。

そして創立に加わった柳絮の父・竹郎、叔父・十朗はじめ親戚の会員に当たる者、親戚以外の会員数人と当初は「冠付け」など川柳らしきものを始めていたので、誰が教えるとも教えられるともなく次第に「川柳」を覚えていったと言えます。

きっかけはそんなことで始まった後、暫くして月刊「川柳きやり」誌へ何人かで「雑詠投句」をするようになって、次第に所謂「きやり本格派」に近い句を作れるようになりました。

昭和四十一年十二月三十一日、柳絮・非茶子夫妻で二泊三日の香港旅行に行った帰途、たまたま川柳きやり吟社の初句会（昭和四十二年）に間に合ったので二人して出席したところ、当の非茶子はその席で三句抜け（柳絮は全没）ました。

そんなことがきっかけで、非茶子は「川柳きやり」の宿題選によく投句するようになりました。

幸い、投句係が主幹の野村圭佑さんだったので、とても親切に扱ってくれたのだと思います。その後、色々あって柳絮・非茶子が「川柳きやり吟社社人」に推挙されたあと、毎年十一月三日の文化の日に行われる川柳人協会主催の「川柳文化祭」におそらく十年以上、二人で連続出席したことを覚えています。

以上、非茶子の川柳活動は「川柳きやり社人」にも「川柳人協会会員」にも柳絮と一緒に入れていただき続けてきましたが、ある時、ある東京の仲間が陰で『句は柳絮より非茶子の方がうまい』と言っているのを聞いたことがあります。

私・柳絮としては相手が妻であれ「面白くない」ことですが、冷静に考えてみると、あるいはその通りかもしれないと（一歩譲って）――思います。

平成二十四年一月三十一日

川柳竹柳会会長
荻原　柳絮

浅間山 ■ 目次

川柳句集　浅間山

母

仕事始めも終りもなくて母の初春

お隣りへ母の使いがまた長い

神棚は任せられない母でいる

姉妹が揃うと母の味を恋い

家中の写真へ母は背伸びする

種袋母の匂いも去年のもの

梅好きの母へはしりの小梅買う

母だけが好きな梅酒へ粒を選る

新薬をけなして母の実母散

楽しげに亡母が飾った節句雛

アパートへ母格好な雛を選り

母ァさんの昼寝やっぱり眠らずに

母ァさんの節で覚えた子守唄

亡き母の寿命に届き感無量

西陽さえ寝ている母は嬉しがり

孫

孫の出る運動会へ行くと決め

後を追う孫もて余す甘い顔

宿題の孫を本気で叱りすぎ

畳替え孫の素足が気にかかり

末の孫預かり一日が長い

ランドセル孫へ期待をかけて買い

孫の世話親がいますを忘れかけ

子と孫で来て七五三賑やかし

新学期孫を励ます便りする

孫の泊まる夜は入歯をはずさない

初春の膳孫の夢聞いてやり

就活の孫へエールを送る春

成人だ帰省だ孫にお小遣い

いま孫のクラス四〇人が欠け

東京の孫の分まで鯉を建て

進学の孫がいなくて気が休め
曽孫が老いの二人を楽しませ
盆迎え孫の家族を楽しませ

年金のお陰で孫を引き寄せる
月に立つ足かも知れず孫が立ち
節分に豆撒きをした孫想う

家

ささやかな畠夫はまた出かけ
父ぅさんの日曜靴も休んでる
両親の杖下駄箱に待っている

そそくさと婚家へ帰る娘を送り
子に孫に屋敷祭りを言い聞かせ
出る人が出かけ女の家となり

何思ってかアイルランドへ娘の家族

餅搗きをする気で息子帰省する

妻と子に見下ろされてる二日酔い

社会

衛星のテレビ庶民は遠くいる

反省もなく包装は過剰なり

幼稚園祖父母参観させてくれ

菊花展今日をピークに咲かす汗

実をつけた雑草の根が逞しい

終戦忌アメリカ芙蓉咲き誇り

過疎という哀しき言葉駅が消え
教え子の成功を見る嬉しい日
春の音聞きたくて出る庭の先

奥様が見れば社長も隙だらけ

関税をいかめしく見る空の旅

雲の上やっぱり富士へ声をかけ

お隣りへ合わせアパート忙しい
お隣りも買ったと言って買わせられ
サンドマン懐炉が消えたなと思い

そこからの地図を教えてさようなら

新入生みんなよい子の顔で来る

朝の散歩隣りの犬がついて来る

あまりにも火事のニュースに恐くなり
サスペンス痴呆防止と勧められ
得をしたように農繁休暇いる

割箸が輸入品とはつゆ知らず

何か損してきたような戦中派

半数は靖国にいるクラス会

まだ傘に名前をつけて戦中派

同じものやりとりをして歳暮すみ

数え日のあしたあしたが短かすぎ

思い出は里のせわしい十二月

緊張をくすぐる様に鳴る雅楽

美しい嘘で自分史書き始め

鬼瓦三代目には下ろされる

フルムーンばかり集まる豪華船

あたたかい雪が待ってる帰省バス

エレベーターブザーで一人降ろされる
忠実なメトロノームの無表情
オーブンとレンジ貰って別居する

如月の夜が淋しい虎落笛

人間の子も瓜坊も子は可愛い

節句まで年始を許すまだ田舎

思い出も悲しく青春は戦

スーパーで早々丑の日を知らせ

渋滞は覚悟で盆の墓参り

世は英語田舎の英語塾が混み

花づくり運動町で土をくれ

日の丸を近所は建てず文化の日

十二月でも雑草は伸びている
落ちている絵馬掛けてやる苦労症
予約制なのに長びく歯科通い

頼もしくアジアロボットコンテスト

テロじゃない忠臣蔵の視聴率

知らぬ間に納める介護保険料

不気味な世小学生の送迎車

日本の空を演じる鯉のぼり

子育ての終った鯉は町で揚げ

商家の子農繁休暇嬉しがり

養蚕と田植えが済めば夏となり

征きし人永遠に還らず新世紀

ケータイがつぶやきながら街を行く

不祥事が続く結局金のこと

メダル欲し参加の意義は忘れられ

秋晴れを日曜大工屋根に乗り

大正の生まれが歌う紀元節

救急車通って寒い田舎町

無防備の垣根アキカン捨てられる

定年を老人会が遊ばせる

納税を働き蜂は妻まかせ

年金もこんなに使う当てがあり
ら抜き語の中高年にハッとする
越えてきた山しみじみと振り返り

自然

三月の浅間の雪が富士に似る

幸せは今年も蛍飛びそうな

柿の実のもったいなくも落ち始め

上州の浅間不気味に動き出し

猫が来る話鳥小屋補強する

空っ風わが世の春を吹きまくり

暦には忠実に咲く里の梅

台風が空っ風の地よけてくれ

名物の雷旧盆過ぎてなお

生活

学校と会社へ急ぐ朝の音

陰口を聞く閑もなく日に追われ

姑の聞き役に飽き聞き流し

青色へ庶民の小さい領収書

ナツメロのレコード買えば子が笑い

みやげ屋で買う梅干の値にたまげ

せめてもの老眼鏡の縁へ贅

祭の日見よう見真似の故郷の味

留守にして父母の土産に気を使い

最後かも知れずハイヒールを選び

リフォームを考えている戦中派

教え子の電話そっくり元の声

友のいる写真ばかりをなつかしむ
夢見なくなって久しいことを知り
雛祭り期末テストに苛められ

教え子の集いに招ばれ若返る

花粉症予防注射が効いたらし

ケンショウ炎などと老化がしのび寄り

遠足を従いて行きたい気で送り

タンポポとスミレを残し草むしり

姑のした通り暦を出してみる

引き出物四五日おいて仕舞込み

マネキンによく似合ってた試着室

探しもの一日過ごす認知症

日の丸も君が代も好き傘寿過ぎ

教え子に招ばれ一日皺が伸び

平均を忘れ寿命を嬉しがり

来年も着たいと派手な服仕舞い

ともかくも円満という目標値

恐々と毎朝見てる訃報欄

ありがたい勿体ないの八十路坂
月の隈兎かと聞く子と眺め
寝ていれば大事にされる齢となり

夏中を松葉牡丹に励まされ

養蚕のしきたり四月雛祭

卒業の子へ入学の子へ桜

花吹雪亡母の笑顔浮かびくる

末ッ子も桜と写す入学日

本革で六年もたすランドセル

幸せに建つ牧水の碑と写り
東京の暮れをテレビで見て和み
十二月慌てた頃をなつかしみ

初風呂の昨日の湯気と違う湯気

羽子板を映す時間の短かすぎ

マージャンを留守番にして初詣で

手作りのおせち田舎の味を出し

教え子とまた立ち話小さい町

懐かしの映画主役と若返り

知らぬ間にたまった蘭が手をやかせ
雑草にとても勝てない梅雨となり
葉桜もうちの枝なら美しい

顔の皺など気にしない昨日今日

盆月の誰か地蔵へよだれかけ

東京の子に通り魔を注意する

空想も夢も明治に遠くなり

通販のカタログといる小半日

サッカーを飽きず炬燵の老夫婦

終電に乗っている気で老夫婦

トックリでノースリーブで冬の部屋

如月の浅間に心洗われる

春はまだ浅いと浅間雪景色

戌年と知ってるように小犬駈け

湯の花は草津に決めて仕舞風呂

少子化へ翩翻と舞う鯉のぼり

敬老の日より母の日語呂がいい

教え子の喜寿に招ばれる有難さ

探しもの今日はないのかなど聞かれ

明日もまた起きられるかと眼をつむり

認知症などと聞くだけでも恐い

母の日がなかった頃の母思い

教え子に済まなく母の日を貰い

免疫か齢か花粉症と切れ

認知症これがそうかと思う日々

齢ぶって取り越し苦労嫌がられ

先生の方もうれしい夏休み

二学期が見えて宿題あわて出し

認知症ですと詫びてるもの忘れ

湯たんぽにまだ頼ってる浅い春

わんぱくに今日は外車で迎えられ

こんなにも大事な入歯置き忘れ

ナツメロを口ずさみつつ皿洗う

二十四の瞳見るたび涙する
飛行機も船も恐くて旅を止め
教え子とダンス若さをまた貰い

ダイヤ婚町で祝ってもらう幸

百余年臼も杵にも艶が出る

切り替えが出来ずに母の宵っぱり

つまずいた話きれいに子に聞かせ
物置きへ貧乏症が溜めるだけ
ほめられた味レトルトに手を加え

収納が下手で家中狭く住み
目指すもの言わない孫に気が揉める
使わずに済みたい介護保険料

見るだけの約束破る植木市
少人数なのに朝食終らない
我慢した話馬鹿みたいと言われ

弟の方は細めの嫁が来る
ふくよかな婦長に安心感もらい
老い二人きさらぎの陽を大事がり

医者へ行く友見送って膝を撫で

いきいきの語に魅せられて雑誌買う

鉢ものに廊下を取られ気を使い

忘れては謝りながら水をやり
深呼吸してと面接送り出し
頼まれもしない庭草好きで抜き

今更に戦死を悼むクラス会
その昔おんぶした子に手を引かれ
笑ってるだけですまない物忘れ

子や孫の育ち夏休みも変わり

そこまでの友を見送る田舎駅

むずかしい名前忘れぬ認知症

ケータイもパソコンはなお手が出せず
大正の生まれもったいないで生き
家中に内緒指輪が見つからず

ネックレスもう似合わない肌の荒れ

父母にした通り草津に連れてかれ

敬老の日を面映く老夫婦

むずかしい歌詞で覚えた明治節
川端に住み水害を恐く聞き
大利根の支流の支流恐さ見せ

贈りもの自分の好きなものとなり

十二月孫の帰省を待つばかり

印刷の松を無言で貼る師走

里からの雛二月から飾らせる

教職の癖三月を忙しがり

餌台に雀が来ない収穫期

山手線一駅に席譲られる

体力と気力が齢に反比例

全自動自負して妻の二十四時

空っ風扁桃腺が鍛えられ

古雛を飾る男の孫ばかり

親戚に配る土産を買う平和

寝たきりになったらなどとふと思い
他人事にしていた八十路のしかかり
目に青葉一年生はすぐに駈け

今のこと忘れ想い出ばかり追い
ストレスの得体わからぬままに老い
父の日へ孫が来るのを嬉しがり

エアコンの風が嫌いを笑われる

こんなにも楽し八十路のクラス会

まだ主婦に心残りが米を研ぐ

誘われて輪投げひととき若返り
いつの日か聞いた病名わたしにも
父祖からの庭ひたすらに草を抜く

もうこれが最後と好きな靴を買い

体質の低血圧は医者まかせ

鶴の軸故郷の床を初春にする

仕来たりで元日の夜を福茶入れ

帰省子の目に父母の背が丸くなり

子が真似て困る背中をもてあまし

ナツメロで想い出を繰り若返り

当たり年冬至と別に柚子湯たて

垣根越し隣りの犬に声をかけ

教職にいた三月を懐かしみ
老い二人ママゴトじみた暮し向き
教え子の名がさっと出て喜ばれ

両親の湯治を見てて真似られず

草津ならすぐ行けそうですぐ行けず

母の日に来る仕来たりで嫁と孫

風鈴の音に六月をふと気付き
美しく老いたい難しい願い
口癖に明日があると早寝する

目に青葉雑草ばかり気にかかり

すぐテレビつけたい癖を叱られる

法事終えいいとこ会また盛り上がり

教え子の迎えの新車まずは褒め

生きがいにして教え子の会に行く

二学期の朝さてさてと立ち上がり

孫のことばかり気にして笑われる

散歩する言いわけ犬を連れて出る

どちらにも応援祖母の甲子園

掌の痛みまた雑草に負けている
台所に立ついつまでとふと思い
帰省する孫のバイクが気にかかり

誘われるうちが幸せまた出かけ

生きているだけがこんなに忙しい

師走入りわけのわからぬ風邪をひき

寝ていれば治る風邪だと寝かされる
数え日ももう慌てずに人まかせ
神棚を華やかにする福だるま

囲まれて傘寿半ばを噛みしめる

何はとも家族揃って屠蘇の膳

老いてなお浅間を見れば気が和み

【著者略歴】
荻原非茶子（おぎわら・ひさこ）
本名　荻原久子

幼くして教師を志し、
富岡高等女学校を経て
群馬県女子師範学校に学ぶ。
以後、地元吉井町で教職に就く。

浅間山

○

平成24年4月23日　初版発行

著者
荻原　非茶子

編者
荻原　柳　絮

発行人
松　岡　恭　子

発行所
新　葉　館　出　版
大阪市東成区玉津1丁目9-16 4F 〒537-0023
TEL06-4259-3777 FAX06-4259-3888
http://shinyokan.ne.jp/

印刷所
BAKU WORKS

○

定価はカバーに表示してあります。

ISBN978-4-86044-459-4